JE ME SENS UN PEU FAIBLE, PANORAMIX !...
NON, OBÉLIX !...TU N'AURAS PAS DE POTION MAGIQUE! JE T'AI DIT MILLE FOIS QUE TU ÉTAIS TOMBÉ DEDANS ÉTANT PETIT !

GOSCINNY ET UDERZO
PRÉSENTENT
UNE AVENTURE D'ASTÉRIX

ASTÉRIX ET LES NORMANDS

Texte de **René GOSCINNY**   Dessins d'**Albert UDERZO**

hachette
HACHETTE LIVRE - 58, rue Jean Bleuzen - CS 70007 - 92178 Vanves Cedex

www.asterix.com   f Asterix et Obelix   @lartdasterix

AVEZ-VOUS TOUT LU ?

LES ALBUMS D'ASTÉRIX EN BANDES DESSINÉES

Les albums 1 à 34 sont également disponibles en grand format dans *La Grande collection Astérix*

ÉDITIONS DE LUXE

LES ALBUMS ILLUSTRÉS

DES MÊMES AUTEURS AUX ÉDITIONS ALBERT RENÉ

LES INTÉGRALES GOSCINNY / UDERZO

OUMPAH-PAH LE PEAU-ROUGE

JEHAN PISTOLET LE CORSAIRE

LUC JUNIOR LE REPORTER

BENJAMIN ET BENJAMINE

Retrouvez Astérix et ses amis au Parc Astérix

L'IRRÉDUCTIBLE PARC

© 1967 GOSCINNY-UDERZO
© 1999 HACHETTE
Dépôt légal : janvier 1999
ISBN : 978-2-01-210141-8 - Édition 18
Achevé d'imprimer en France par Pollina en février 2021 - 13202

Loi n° 49956 du 16 juillet 1949 sur les publications destinées à la jeunesse

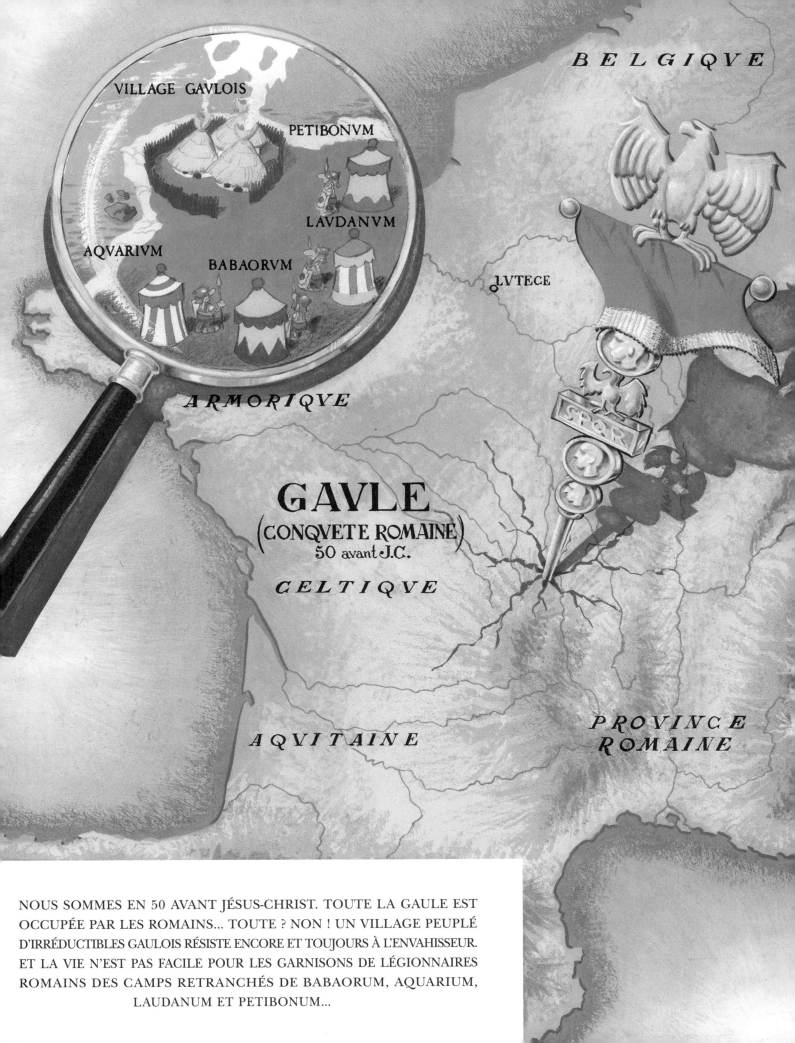

VILLAGE GAVLOIS

PETIBONVM

LAVDANVM

AQVARIVM

BABAORVM

ARMORIQVE

BELGIQVE

LVTECE

SPQR

GAVLE
(CONQVETE ROMAINE)
50 avant J.C.

CELTIQVE

AQVITAINE

PROVINCE
ROMAINE

NOUS SOMMES EN 50 AVANT JÉSUS-CHRIST. TOUTE LA GAULE EST
OCCUPÉE PAR LES ROMAINS... TOUTE ? NON ! UN VILLAGE PEUPLÉ
D'IRRÉDUCTIBLES GAULOIS RÉSISTE ENCORE ET TOUJOURS À L'ENVAHISSEUR.
ET LA VIE N'EST PAS FACILE POUR LES GARNISONS DE LÉGIONNAIRES
ROMAINS DES CAMPS RETRANCHÉS DE BABAORUM, AQUARIUM,
LAUDANUM ET PETIBONUM...

ASTÉRIX, LE HÉROS DE CES AVENTURES. PETIT GUERRIER À L'ESPRIT MALIN, À L'INTELLIGENCE VIVE, TOUTES LES MISSIONS PÉRILLEUSES LUI SONT CONFIÉES SANS HÉSITATION. ASTÉRIX TIRE SA FORCE SURHUMAINE DE LA POTION MAGIQUE DU DRUIDE PANORAMIX...

OBÉLIX EST L'INSÉPARABLE AMI D'ASTÉRIX. LIVREUR DE MENHIRS DE SON ÉTAT, GRAND AMATEUR DE SANGLIERS ET DE BELLES BAGARRES. OBÉLIX EST PRÊT À TOUT ABANDONNER POUR SUIVRE ASTÉRIX DANS UNE NOUVELLE AVENTURE. IL EST ACCOMPAGNÉ PAR IDÉFIX, LE SEUL CHIEN ÉCOLOGISTE CONNU, QUI HURLE DE DÉSESPOIR QUAND ON ABAT UN ARBRE.

PANORAMIX, LE DRUIDE VÉNÉRABLE DU VILLAGE, CUEILLE LE GUI ET PRÉPARE DES POTIONS MAGIQUES. SA PLUS GRANDE RÉUSSITE EST LA POTION QUI DONNE UNE FORCE SURHUMAINE AU CONSOMMATEUR. MAIS PANORAMIX A D'AUTRES RECETTES EN RÉSERVE...

ASSURANCETOURIX, C'EST LE BARDE. LES OPINIONS SUR SON TALENT SONT PARTAGÉES : LUI, IL TROUVE QU'IL EST GÉNIAL, TOUS LES AUTRES PENSENT QU'IL EST INNOMMABLE. MAIS QUAND IL NE DIT RIEN, C'EST UN GAI COMPAGNON, FORT APPRÉCIÉ...

ABRARACOURCIX, ENFIN, EST LE CHEF DE LA TRIBU. MAJESTUEUX, COURAGEUX, OMBRAGEUX, LE VIEUX GUERRIER EST RESPECTÉ PAR SES HOMMES, CRAINT PAR SES ENNEMIS. ABRARACOURCIX NE CRAINT QU'UNE CHOSE : C'EST QUE LE CIEL LUI TOMBE SUR LA TÊTE, MAIS COMME IL LE DIT LUI-MÊME : "C'EST PAS DEMAIN LA VEILLE !"

LE DÉBUT D'UN JOUR PAISIBLE DANS LE PETIT VILLAGE QUE NOUS CONNAISSONS BIEN...

CHÉRIE! J'AI ENFIN REÇU LE CATALOGUE DE LA MANUFACTURE DES ARMES ET CHARS!

TIENS! C'EST PNEUMATIX, LE COURRIER!

RIEN POUR NOUS, PNEUMATIX?

NON! JE N'AI PLUS QU'UN MESSAGE POUR LE CHEF ABRARACOURCIX.

NOUS ALLONS AVEC TOI.

ON PEUT ENVOYER DES MENHIRS PAR LA POSTE?

OUI, MAIS EN RECOMMANDÉ, POUR ÉVITER QU'ILS SE PERDENT DANS LE TRI.

UNE LETTRE DE LUTÈCE POUR TOI, Ô CHEF ABRARACOURCIX!

AH! C'EST SANS DOUTE MON FRÈRE OCÉANONIX QUI ME L'ENVOIE... POURTANT, IL NE GRAVE PAS SOUVENT!

OH!

RIEN DE GRAVE DANS CE QUI EST GRAVÉ, J'ESPÈRE?

NON. MON FRÈRE OCÉANONIX, QUI HABITE LUTÈCE, A UN FILS, GOUDURIX. OR, IL PARAÎT QUE MON NEVEU S'AMOLLIT AU CONTACT DE LA VIE CITADINE. OCÉANONIX NOUS L'ENVOIE EN VACANCES, AVEC MISSION POUR NOUS D'EN FAIRE UN HOMME.

EH BIEN, JE COMPTE SUR VOUS, MES AMIS!

QUAND ON EN AURA FINI AVEC LUI, IL CHASSERA LE SANGLIER À COUPS DE POING!

AH? IL Y A UNE AUTRE MÉTHODE?

6

7

LES NO...LES NO...LES NONO...

TU VOIS, C'EST ÇA LA VIE DE LUTÈCE: TOUJOURS COURIR, TOUJOURS COURIR, NE JAMAIS PRENDRE LE TEMPS DE VIVRE!

OUI, J'AIMERAIS BIEN VISITER, MAIS JE NE POURRAIS PAS Y HABITER!

AH! JE TE CHERCHAIS. J'AI RÉFLÉCHI AU SUJET DU MALHEUR QUE JE POURRAIS FAIRE À LUTÈ...

COOOOOOT!

CODEEC!

QU'EST-CE QU'IL A?

IL PARAÎT QUE LES NORMANDS VEULENT NOUS ENVAHIR.

NOUS ALLONS EN PARLER AU CHEF ABRARACOURCIX. GOUDURIX DOIT DÉJÀ ÊTRE CHEZ LUI.

AH, TRÈS BIEN. IL FAUT QUE JE LUI PARLE AU SUJET DE L'OLYMPIX.

PEU APRÈS...

BON. ASTÉRIX ET OBÉLIX, ALLEZ VOIR CE QUE FONT LES NORMANDS. S'ILS DÉBARQUENT, NOUS LES REJETONS À LA MER.

TU CROIS QU'ILS VONT DÉBARQUER, ASTÉRIX? TU CROIS? DIS, TU CROIS?

JE VAIS PRÉPARER UN PEU DE POTION MAGIQUE, À TOUT HASARD...

PSSST. IL FAUT QUE JE TE PARLE...

ET À PART ÇA, TU T'AMUSES BIEN, ICI, GOUDURIX? TU NE REGRETTES PAS TROP LUTÈCE? TU TE PLAIS, CHEZ NOUS?

MAIS...MAIS EST-CE QUE VOUS SAVEZ CE QUE SONT LES NORMANDS?

BIEN SÛR. CE SONT DES GUERRIERS FÉRO-CES ET, COMME NOUS, ILS IGNORENT LA PEUR...

TU SAIS, CE N'EST PAS PARCE QUE NOUS HABITONS EN PROVINCE QUE NOUS NE NOUS TENONS PAS AU COURANT!

DES FOUS! JE SUIS CHEZ DES FOUS!

BON. ON PEUT PARLER DE MON AVENIR, MAINTENANT?

9 IX

RETOURNONS À LA PLAGE VOIR CE QUE FONT LES NORMANDS.

DIS, ASTÉRIX, ON POURRAIT PEUT-ÊTRE TROUVER UNE ASTUCE POUR LES FAIRE DÉBARQUER? HMM? HMM?

MAIS IL N'EST PAS NÉCESSAIRE DE TROUVER DES ASTUCES... AU RYTHME DE LEURS SAUVAGES CHANTS GUERRIERS, **LES NORMANDS DÉBARQUENT EN GAULE!**

JE VEUX REVOIR MA NORMANDiiiiiE!!!

NOUS ALLONS ÉTABLIR NOTRE CAMP SUR CETTE PLAGE! COMMENCEZ À CREUSER DES TROUS POUR PLANTER LES PIQUETS. DE BEAUX TROUS NORMANDS!

PARAF! ÉPITAF! CÉNOTAF! COMPLÈTEMENPAF! BELLEGAF! MATAF! BATDAF!... AU TRAVAIL!... AU TRAVAIL!

HMMHMHiHiHi!

CHUT! OBÉLIX!

MAIS LE CHEF A DIT QU'ON LES REJETTE À LA MER, SI...

NON, OBÉLIX! LE CHEF A DIT QU'ON LE PRÉVIENNE ET NOUS ALLONS LE PRÉVENIR!

PENDANT CE TEMPS...

MAIS ENFIN, GOUDURIX, AU LIEU DE RESTER ICI À NE RIEN FAIRE, POURQUOI NE VAS-TU PAS REJOINDRE TES AMIS SUR LA PLAGE?

CLAC! CLAC! CLAC! CLAC! CLAC!

PAR-CE-QU'IL-Y-A-DES-NOR-MAAAANDS!

Ô, ABRARACOURCIX, NOTRE CHEF, LES NORMANDS ONT DÉBARQUÉ!

AAAAAAH!

...ET ILS ONT TOUS DES NOMS RIGOLOS... HiHiHiHi!... TOUS DES NOMS QUI SE TERMINENT EN "AF"!

OUI! LEUR CHEF S'APPELLE GROSSEBAF!

HA! HA! HA! VOUS AVEZ ENTENDU ÇA, PANORAMIX, ASSURANCETOURIX, BOULIMIX, AVENTUREPIX, PORQUÉPIX, ALLÉGORIX?

HOHO! HOHO!

HAHAHA! HOHOHO!

FOUS! ILS SONT FOUS! IL FAUT QUE JE PRÉVIENNE LES AUTRES! IL DOIT Y AVOIR QUELQU'UN DE RAISONNABLE DANS LE TAS!

DANS LE CAMP DES NORMANDS, OÙ GROSSEBAF ACHÈVE UNE SOLE À LA CRÈME...

BATDAF! TU VAS T'INTRODUIRE DANS LES TERRES ET TU VAS ESSAYER D'ÉPIER LES GAULOIS!...VOIR CE QUE C'EST COMME GENS!

BIEN, Ô GROSSEBAF, MON CHEF!

C'EST ÇA QUI EST INSTRUCTIF DANS LES VOYAGES... SAVOIR COMMENT VIVENT LES HABITANTS, AVANT DE LES MASSACRER.

JE VAIS ME CACHER DANS CETTE FORÊT!

ICI JE SERAI BIEN... TIENS? ON VIENT...

QU'EST-CE QUE LES NORMANDS PEUVENT BIEN FAIRE ICI, ASTÉRIX?

BAH! QUELLE IMPORTANCE? ILS NE NOUS FONT PAS PEUR. RIEN NE NOUS FAIT PEUR. NOUS N'AVONS JAMAIS PEUR.

C'EST GAGNÉ. TOUT CE VOYAGE POUR RIEN!...

TIENS! GOUDURIX! TU VIENS CHASSER LE SANGLIER AVEC NOUS?

COMMENT LES CHASSEZ-VOUS, À LUTÈCE? NOUS ICI, ON LEUR DONNE UNE BAFFE, ET...

NON, NON...JE VOULAIS VOUS DEMANDER UN SERVICE...LE CLIMAT NE ME CONVIENT PAS ET J'AIMERAIS QUE VOUS M'AIDIEZ À CONVAINCRE MON ONCLE DE ME LAISSER REPARTIR POUR LUTÈCE...

C'EST À CAUSE DES NORMANDS QUE TU VEUX PARTIR, N'EST-CE PAS?

OUIiiiiii! J'AI PEUR! HORRIBLEMENT PEUR! JE SUIS UN PEUREUX! LE PLUS GRAND PEUREUX DE TOUS! BOUHOUHOU!

MAIS IL NE FAUT PAS AVOIR PEUR, GOUDURIX, NOUS SOMMES LÀ...TU AS PEUR QUAND NOUS SOMMES LÀ?

SNIF!... J'AI MOINS PEUR... SNIF!...

GÂCHEUR!

16

DANS LE CAMP NORMAND, GROSSEBAF ACHÈVE UNE ESCALOPE À LA CRÈME...

AH! TE VOICI DE RETOUR, BATDAF... ALORS?

J'AI VU ET ENTENDU LES GAULOIS, Ô GROSSEBAF! COMME NOUS, ILS IGNORENT LA PEUR!

COMMENT? NOUS AVONS FAIT TOUT CE VOYAGE POUR TOMBER SUR DES IGNARES ?!!?

CRAC!

J'AI BIEN ENVIE DE NOUS PASSER TOUS AU FIL DE L'ÉPÉE! ON SE TUE TOUS, ON SE RETROUVE AU BANQUET D'ODIN, ET ON PARLE D'AUTRE CHOSE! ※

※ C'EST LÀ L'ORIGINE DE L'EXPRESSION ENCORE UTILISÉE DE NOS JOURS PAR LES HOMMES D'AFFAIRES: "ON SE PASSE UN COUP DE FIL ET ON DÉJEUNE"!

ATTENDS, Ô GROSSEBAF! NE RETIENS PAS ENCORE LA TABLE!

J'AI VU DANS LA FORÊT UN HOMME QUI SE VANTAIT DE CONNAÎTRE LA PEUR... IL DISAIT MÊME QU'IL ÉTAIT CHAMPION DE PEUR...

PAR THOR! UN PROFESSIONNEL! VOILÀ CE QU'IL NOUS FAUT!

L'ENNUI, C'EST QUE QUAND IL EST AVEC LES AUTRES GAULOIS, IL A MOINS PEUR...

QUE L'ON FORME UNE EXPÉDITION POUR LE CAPTURER ET LE SOUSTRAIRE À LA MAUVAISE INFLUENCE DES IGNORANTS!

BIENTÔT, AVEC LA PEUR QUI DONNE DES AILES NOUS VOLERONS... TU PRENDS UN CRÂNE, BATDAF?

AVEC JOIE GROSSEBAF! JE NE REFUSE JAMAIS UN PETIT CRÂNE!

PENDANT CE TEMPS, DANS LE VILLAGE GAULOIS...

JE...J'AI DÉCIDÉ D'ÉCOURTER MES VACANCES ET DE RENTRER À LUTÈCE...

JUSTE AU MOMENT OÙ VONT COMMENCER LES RÉJOUISSANCES DE LA SAISON?... NON, GOUDURIX! RESTE AVEC NOUS! TU APPRENDRAS À TE BATTRE! LES GAULOIS NE FONT PAS DE QUARTIER...

TU VERRAS: IL N'Y A PAS DE QUARTIER GAULOIS!

JUSTEMENT! IL Y A UN QUARTIER LATIN ET J'AIMERAIS LE REVOIR!

13

20

DANS LE CAMP DES NORMANDS OÙ GROSSEBAF ACHÈVE UN POULET À LA CRÈME...

NOUS LE TENONS, Ô GROSSEBAF!

PAR ODIN! ALLONS LE VOIR TOUT DE SUITE, Ô BATDAF!

IL A L'AIR MAL EN POINT, BATDAF!

NOUS L'AVONS CAPTURÉ COMME ON LE FAIT POUR LES OISEAUX, POUR EMPÊCHER QU'ILS S'ENVOLENT, Ô GROSSEBAF... UN COUP DE MASSUE ET PAF!

PRÉSENT!

MAIS NON, ÉPAF! PERSONNE NE T'A APPELÉ.

BON! RANIMEZ-MOI CET OISEAU-LÀ, ET RÉUNISSEZ TOUT LE MONDE!

PLAF!

PRÉSENT!

MAIS NON!

QUI?... QUE?... OH!

PAR TOUTATIS, C'EN EST FAIT DE MOI! TOUS CES NORMANDS!... ILS SONT SI NOMBREUX!... ILS ONT L'AIR SI MÉCHANT! OH! ILS VONT ME TUER... LEUR CHEF S'AVANCE VERS MOI...

FAIS-NOUS PEUR!

P... PLAÎT-IL ?

FAIS-NOUS PEUR, J'AI DIT !

NOUS SOMMES VENUS DE LOIN POUR CONNAÎTRE LA PEUR, ALORS FAIS-NOUS PEUR !!!

MAIS C'EST UN MALENTENDU ! C'EST VOUS QUI ME FAITES PEUR !

MOI, JE TE FAIS PEUR ?

?

COMMENT PUIS-JE FAIRE QUELQUE CHOSE QUE J'IGNORE ?

ALORS, COMME ÇA, EN CE MOMENT, TU AS PEUR ?

BEN OUI, J'AI DES SUEURS FROIDES, LA TÊTE VIDE, L'ESTOMAC NOUÉ...

IL A LA GRIPPE. LA PEUR, C'EST LA GRIPPE.

TU AS DÉJÀ VU LA GRIPPE FAIRE VOLER, PAR ODIN !

ALLEZ, QUOI, GAULOIS... FAIS MOI PEUR, QUE JE VOLE UN PEU !

MAIS DE QUOI PARLEZ-VOUS ?

PUISQUE TU REFUSES DE COOPÉRER, DEMAIN NOUS TE JETTERONS DU HAUT D'UNE FALAISE ! TU SERAS BIEN OBLIGÉ DE VOLER ET DE NOUS FAIRE UNE DÉMONSTRATION DE TES POUVOIRS !

OH NON ! JE VOUS EN SUPPLIE ! J'AI TROP PEUR !

GNGNGNGN ! M'ÉNERVE ! M'ÉNERVE !... AMARREZ-LE POUR QU'IL NE S'ENVOLE PAS PENDANT LA NUIT !

ILS SONT FOUS ! COMPLÈTEMENT FOUS ! SI UN JOUR JE REVOIS LUTÈCE, LES COPAINS NE ME CROIRONT JAMAIS !

POC! POC!

ILS SONT PLUS SOLIDES QUE LES ROMAINS, TU NE TROUVES PAS, ASTÉRIX ?

OUI, MOINS ORGANISÉS, MAIS PLUS RÉSISTANTS. ET PUIS, ILS N'ONT PAS PEUR.

ÇA NE VOUS FERAIT RIEN DE NE PAS BAVARDER PENDANT LE COMBAT, NON ?

À TOUT DE SUITE !

POF! POF!

EXCUSEZ-MOI !

PAF!

BANG!
PAF!
?!

CALVA

BOIS, CINÉMATOGRAF !

TCHAC!
BING!

PAR ODIN, ET PAR... THOR!
- HIPS! -

CALVA

HIPS!

POC!

TU AS VU ? ON DIRAIT QU'ILS ONT AUSSI UNE SORTE DE POTION MAGIQUE...

OUAIS! IL N'Y A QUE MOI QUI N'AI PAS LE DROIT D'EN AVOIR! TOUT LE MONDE RIGOLE SAUF MOI, ICI!

NON LOIN DE LÀ, UNE PATROUILLE VEILLE À MAINTENIR LA PAIX ROMAINE DANS LES COINS LES PLUS RECULÉS DE L'EMPIRE...

EH, LE BLEU! POURQUOI AS-TU MIS DES FLEURS À TON PILUM ?

C'EST MA PREMIÈRE PATROUILLE!

SI ON LUI FAISAIT CHERCHER LA CLEF DU CHAMP DE TIR À LA CATAPULTE ?

BEN MON VIEUX, ELLE N'EST PAS NEUVE, CELLE-LÀ!

*FABA: SORTE DE FÈVE DONT L'ARMÉE FAISAIT GRANDE CONSOMMATION; NOS HARICOTS, (VULG.: FAYOTS) ÉTANT ALORS INCONNUS.

QUI ES-TU, PAR THOR, ET QUE FAIS-TU AVEC CARAF ?

TU AS ENTENDU, ASTÉRIX ? LE MIEN S'APPELLE CARAF. ET LE TIEN ?

JE NE SAIS PAS. NOUS N'AVONS PAS ÉTÉ PRÉSENTÉS...

VEUX-TU LÂCHER BATHYSCAF IMMÉDIATEMENT, PAR ODIN ?

AH ? ENCHANTÉ.

QUI ÊTES-VOUS ?

D'ABORD, QUI ES-TU, TOI-MÊME ?

JE SUIS GROSSEBAF ! CHEF NORMAND !

OBÉLIX ! VEUX-TU ! TU VAS FINIR PAR LE VEXER ! C'EST SUSCEPTIBLE, UN TOURISTE, TU SAIS ! ET LA POLITESSE GAULOISE...

CES NOMS ! CES NOMS ! HMMMMMMHIHIHIHI

VOU-LEZ-VOUS -ME-DIRE- CE-QUE-VOUS-ÊTES -VE- NUS - FAIRE- ICI ??

OUI, COMMENT FAITES-VOUS LE SANGLIER À LA CRÈME ?

TE POSER QUELQUES QUESTIONS !

EH BIEN, ON PREND DE LA CRÈME ET ON FAIT COMME POUR LES FRAISES. MAIS À LA PLACE DES FRAISES, ON PREND UN SAN...

VOUS N'ÊTES TOUT DE MÊME PAS VENUS ATTAQUER LES PLUS REDOUTABLES GUERRIERS DU MONDE CONNU POUR DISCUTER DE RECETTES DE CUISINE, NON ?!?

NOUS AVONS DES CHOSES PLUS IMPORTANTES À TE DEMANDER.

BON ! ENTREZ DANS MA TENTE. VOUS AUTRES LÀ-BAS !.... CESSEZ DE FAIRE DU BRUIT !

PAF ! BING

C'EST ÇA ! ON NE VA PAS VOUS DÉRANGER PLUS LONGTEMPS... ON RENTRE...

ON PREND CONGÉ....

ON FILE À LA BRETONNE.

LES MEILLEURES CHOSES ONT UNE FIN...

CHUT ! VOUS N'AVEZ PAS ENTENDU CE QU'A DIT VOTRE CHEF ?

25

EH BIEN, GROSSEBAF, EXPLIQUE-NOUS DE QUOI NOTRE AMI GOUDURIX EST-IL CHAMPION ?

COMME SI VOUS NE LE SAVIEZ PAS !

IL EST CHAMPION DE PEUR, PAR THOR ! NOUS COMPTONS SUR LUI POUR NOUS ENSEIGNER LA PEUR DE GRÉ OU DE FORCE !

???

CAR S'IL REFUSE, NOUS LE PRÉCIPITERONS DU HAUT D'UNE FALAISE, POUR LE VOIR VOLER !

SI TU VEUX MON AVIS, ASTÉRIX, ILS SONT...

TOC! TOC! TOC!

LAISSE-MOI RÉFLÉCHIR, OBÉLIX.

SI NOUS VOUS APPRENONS LA PEUR, VOUS NOUS RENDEZ NOTRE CHAMPION ET VOUS PARTEZ ?

OUI. NOUS NE SOMMES PAS VENUS FAIRE LA GUERRE. POUR ÇA, NOS DESCENDANTS S'EN CHARGERONT DANS QUELQUES SIÈCLES...

NOUS AVONS QUELQUE CHOSE DANS NOTRE VILLAGE QUI POURRA FAIRE L'AFFAIRE. MAIS IL FAUT ALLER LA CHERCHER.

27A

D'ACCORD ! MAIS UN DE VOUS DEUX RESTERA EN OTAGE !....

ET SI L'AUTRE NE REVIENT PAS, NOUS BOIRONS DU CALVA DANS LE CRÂNE DE L'OTAGE !

BSSSBSSSBSSS

GRRRRR

MAIS POURQUOI IL FAUT QUE CE SOIT MOI QUI Y AILLE ? TOI TU VAS RIGOLER, TU POURRAS MANGER DU SANGLIER À LA CRÈME, TU AURAS DU CALVA PLEIN LA TÊTE ET MOI...

NE DISCUTE PAS, OBÉLIX ! CE N'EST PAS LE MOMENT !

27B

CE N'EST PAS LE MOMENT, CE N'EST PAS LE MOMENT ! AVEC ASTÉRIX, CE N'EST JAMAIS LE MOMENT !

LES CORVÉES, C'EST TOUJOURS POUR MOI...

BOMM!

HOU HOU HOU! HOU HOU !

TCHRRRRAAAC!

TOUT LE MONDE PROFITE DE MA FAIBLESSE !

31

SALUT OBÉLIX !

HMFF !

SNIF !

ÉLEVEDELIX, OÙ EST ASSURANCETOURIX ? IL N'EST PAS CHEZ LUI.

JE NE SAIS PAS OÙ IL EST, HEUREUSEMENT !

TU DEVRAIS ALLER DEMANDER AU CHEF, OBÉLIX.

IL CHERCHE LE BARDE !

OUI, JE L'AI TROUVÉ TOUT DRÔLE...

...ET SI JE NE TROUVE PAS ASSURANCETOURIX, ASTÉRIX ET GOUDURIX VONT AVOIR PLEIN DE CALVA DANS LE CRÂNE !

PAR TOUTATIS ! ALLONS DANS SA HUTTE !

PEU APRÈS...

IL A EMPORTÉ TOUS SES INSTRUMENTS DE MUSIQUE ET PRESQUE TOUS SES VÊTEMENTS... IL EST VRAIMENT PARTI...

JE NE CROYAIS PAS QUE NOUS EN ARRIVERIONS UN JOUR À REGRETTER L'ABSENCE DE NOTRE BARDE... ET POURTANT C'EST LE PIRE DES BARDES !

EH OUI.... CE SONT LES PIRES QUI S'EN VONT !

J'AI UNE IDÉE !

TOI, OBÉLIX ?

IDÉFIX VA TROUVER NOTRE BARDE !

MAIS ENFIN, OBÉLIX...

NE LES ÉCOUTE PAS, IDÉFIX ! FLAIRE ! FLAIRE !

SNIF ! SNIF !

POP !

POP !

VOUS AVEZ VU, HEIN ? VOUS AVEZ VU ? ET À SON ÂGE, HEIN ?

SNIF ! SNIF ! SNIF ! SNIF !

MAIS DIS DONC, CE N'EST PAS TA RÉSERVE, ÇA, OBÉLIX ?

SNIF ! SNIF ! GRRROAORRR !

BEN QUOI ? JE LUI AI APPRIS À SUIVRE LES MENHIRS À LA TRACE, ALORS, IL SUIT LES MENHIRS, C'EST LOGIQUE !

DORÉNAVANT, TU FERAIS BIEN DE LUI APPRENDRE À SUIVRE LES BARDES !

OUAH ! OUAH !

CARRIÈRE OBÉLIX

UN DES CHEVAUX DU VILLAGE A DISPARU !

SI ASSURANCETOURIX A PRIS UN CHEVAL, C'EST QU'IL A L'INTENTION D'ALLER LOIN !

JE SAIS ! LE MONKIX ! L'OLYMPIX ! LUTÈCE ! IL EST PARTI POUR LUTÈCE !

JE VAIS LE CHERCHER !

CE GARÇON DEVIENT VIF, PAR INSTANTS !

29

PENDANT QU'ASTÉRIX EST RETENU EN OTAGE PAR LES NORMANDS...

N'AIE PAS PEUR, GROSSEBAF. OBÉLIX VA SÛREMENT REVENIR.

CRÈME FRAÎCHE

JE-N'AI-PAS-PEUR!!!

...OBÉLIX, INFATIGABLE, MARCHE SANS ARRÊT, À LA POURSUITE DU BARDE ASSURANCETOURIX...

IL NE FAUT PAS TE LAISSER ABATTRE, IDÉFIX. JE VAIS T'APPRENDRE À SUIVRE LES BARDES, ET TU DEVIENDRAS UN CHIEN TRÈS FORT...

...CUEILLANT DES SANGLIERS AU PASSAGE, POUR TROMPER SA FAIM...

...AVEC MON CERVEAU ET AVEC TA FORCE, NOUS SERONS IMBATTABLES!

...ASSOMMANT, SANS RALENTIR SA COURSE, LES PATROUILLES ROMAINES QUI ONT LA MAUVAISE IDÉE DE SE TROUVER SUR SA ROUTE.

BON! Y A QU'À LE LAISSER ALLER. SOL LUCET OMNIBUS, COMME ON DIT CHEZ NOUS... RETOURNONS FAIRE UN RAPPORT EN TROIS EXEMPLAIRES.

TOI, T'ES DEVENU UN VRAI GRATTE-MARBRE!

OOOOOH! DU CALME! DU CALME! NE VOUS CABREZ PAS!... OOOOH!

?

NOUS AVONS CROISÉ UN HOMME DONT LES HURLEMENTS ONT AFFOLÉ MES BŒUFS!

TU VOIS, IDÉFIX? NOUS SOMMES SUR LA PISTE. C'EST COMME ÇA QU'ON SUIT UN BARDE!

OUAIP! J'AI VU PASSER UN CAVALIER, MAIS À EN JUGER PAR LA FAÇON DONT IL CHANTAIT, CE N'ÉTAIT SÛREMENT PAS UN BARDE!

MEUHEUH!

OUI, IL EST PASSÉ PAR ICI. MÊME QUE LE LAIT A TOURNÉ JUSTE À CE MOMENT-LÀ!

ET PLUS LOIN...

LE CHEVAL D'ASSURANCE-TOURIX! NOUS L'AVONS TROUVÉ! TU VOIS, IDÉFIX: IL N'Y A PAS DE DIFFÉRENCE ENTRE UN BARDE ET UN MENHIR!

CHEZ SELFSERVIX

34

ASSURANCETOURIX!
C'EST NOUS!
YOUHOU!

ASS...
???

EUH...VOUS N'AVEZ PAS VU PASSER UN BARDE, PAR ICI, MONSIEUR...

SELFSERVIX, POUR VOUS SERVIR...OH, SI! OH SI! J'AI VU UN BARDE, PAR TOUTATIS!

IL A MANGÉ, ET COMME IL N'AVAIT PAS ASSEZ DE BRONZE, IL A PROPOSÉ DE CHANTER POUR PAYER SON REPAS...QUAND IL A COMMENCÉ À CHANTER, JE LUI AI DIT QU'IL ÉTAIT QUITTE...

MES CLIENTS LUI ONT MÊME OFFERT UN AUTRE REPAS POUR QU'IL SE TAISE...IL S'EST FÂCHÉ...IL Y A EU BAGARRE!
SANGLOTS

IL M'A LAISSÉ SON CHEVAL POUR REMBOURSER LES DÉGÂTS...

SI ASSURANCETOURIX A L'INTENTION DE PAYER SON VOYAGE EN CHANTANT, IL N'IRA PAS LOIN!

LE VOILÀ!

ASSURANCETOURIX! YOUHOU! ATTENDS-NOUS!

HMM! BIEN SÛR! ILS NE PEUVENT PAS SE PASSER DE MOI AU VILLAGE! MAIS TANT PIS! IL FAUT QUE JE PENSE À MA CARRIÈRE!

31

35

ASSURANCETOURIX, JE VIENS TE CHERCHER POUR...

NON MÔSSIEU! VOUS NE COMPRENEZ RIEN À MON ART! DÉBROUILLEZ-VOUS SANS MOI! JE VAIS FAIRE LE MALHEUR DE LUTÈCE!

C'EST ASTÉRIX QUI M'ENVOIE! IL A BESOIN DE TOI!

BIEN QUE MUSICALEMENT PAS PLUS AVANCÉ QUE TOUS LES AUTRES, ASTÉRIX EST LE PLUS MALIN DE LA BANDE. IL N'A PAS BESOIN DE MOI!

...ET GOUDURIX EST EN DANGER!

GOUDURIX?

GOUDURIX? CE JEUNE HOMME AU GOÛT ARTISTIQUE SI SÛR? IL A DES ENNUIS?

IL EST PRISONNIER DES NORMANDS. ILS VEULENT LUI METTRE DU CALVA DANS LE CRÂNE...

AH, JE COMPRENDS! VOUS VOULEZ QUE J'AILLE CHARMER CES HOMMES DU NORD... EH BIEN SOIT! EN ROUTE!

?

JE VAIS COMMENCER PAR UNE TOURNÉE EN PROVINCE AVANT D'ATTAQUER L'OLYMPIX.

TOC! TOC! TOC!

UN MILIA PASSUUM À PIED, ÇA USE ÇA USE, UN MILIA PASSUUM À PIED, ÇA USE LES CALIGAS...

EUH... ASSURANCETOURIX... TU NE POURRAIS PAS MARCHER EN SILENCE?... C'EST À CAUSE D'IDÉFIX, IL...

RIEN DU TOUT! SI ON VEUT DE MOI, JE CHANTERAI! DERNIER AVERTISSEMENT!

DEUX MILIA PASSUUM À PIED, ÇA USE, ÇA USE...

ALLONS, ALLONS! UN CHIEN COURAGEUX ÇA NE PLEURE PAS, IDÉFIX! TU VEUX QU'OBÉLIX SOIT FIER DE TOI, NON?

BOUHOU HOUOU!

EN TOUT CAS, L'USAGE DE L'AVERTISSEUR LIBÈRE LA ROUTE DEVANT NOS DEUX GAULOIS...

ÉCARTEZ-VOUS! MES BŒUFS SONT EMBALLÉS!...

...DONT UN, AVANT DE FAIRE TOURNER LA TÊTE DE SES ADMIRATEURS, FAIT TOURNER LE LAIT.

MEUH!

VANDALES!

...ÇA USE LES CALIGAS! TROIS MILLE DEUX CENT QUARANTE SIX MILIA PASSUUM...

DANS LE CAMP DES NORMANDS, LES CHOSES SE GÂTENT...

EXCELLENTES, CES SAUCISSES À LA CRÈME!

ASSEZ, PAR THOR!

BANG!

ON SE MOQUE DE MOI! JE NE VEUX PLUS ATTENDRE! LES OTAGES SERONT EXÉCUTÉS!... QUE L'ON AILLE CHERCHER LE CHAMPION SUR LE DRAKKAR!!!

LE DRAKKAR?

C'EST COMME ÇA QUE NOUS APPELONS NOS BATEAUX.

AH, C'EST DONC ÇA UN DRAKKAR DE TOURISTES.

ENCHAÎNEZ CELUI-CI ET EMMENEZ-LE AVEC L'AUTRE SUR LA FALAISE!

PEU APRÈS...

JE NE SAIS PAS CE QUI A PU RETARDER OBÉLIX, MAIS TU DEVRAIS ATTENDRE ENCORE UN PEU...

NON! POUR VOUS DEUX, LE PREMIER SERVICE A SONNÉ AU BANQUET D'ODIN!

MAIS AVANT, DANS UN BUT PUREMENT DIDACTIQUE, NOUS ALLONS TE FAIRE VOLER PAR DESSUS LA FALAISE!

VOUS NE PRÉFÉREZ PAS QUE JE ME TRAÎNE À VOS GENOUX?

COURAGE, GOUDURIX! MONTRE À CES NORMANDS COMMENT TRÉPASSE UN GAULOIS!

EH BEN, ILS N'ONT PAS FINI DE RIGOLER!

ALORS VOILÀ... TU VOLES UN PEU PAR LÀ, À GAUCHE, ET PUIS APRÈS TU VAS...

NE VOUS INQUIÉTEZ PAS POUR L'ITINÉRAIRE, IL EST TOUT TROUVÉ!

33

GAULOIS, VOLE!

MAIS JAMAIS DE LA VIE!

OH MAIS NON! OH LÀ, LÀ NON! OH MAIS PAS DU TOUT!

ILS NE SONT PAS COOPÉRATIFS, TOUT DE MÊME... VOUS DEUX, LÀ!

À LA UNE...

OH NON, OH NON, OH NON!

À LA DEUX...

ET À LA TR...

UN INSTANT!

SI JE VOUS FAIS PEUR... VOUS... VOUS NE M'OBLIGEZ PLUS À SAUTER?...

BIEN SÛR QUE NON. C'EST NOUS QUI SAUTERONS!...

BON. ALORS VOILÀ... JE VAIS VOUS FAIRE PEUR.

ENFIN CES GAULOIS SE DÉCIDENT À ÊTRE AUSSI RAISONNABLES QUE NOUS. VENEZ, VOUS AUTRES!

VOILÀ. JE VAIS VOUS RACONTER UNE HISTOIRE TERRIBLE D'OGRES QUI TUENT DES TAS...

TIENS, ÇA ME RAPPELLE LA FOIS OÙ J'AI ASSOMMÉ 24 ENNEMIS, PARCE QUE JE VOULAIS FAIRE CADEAU D'UN SERVICE COMPLET DE CRÂNES À UN AMI QUI SE MARIAIT...

...MAIS IL N'A PAS ÉTÉ CONTENT, PARCE QUE TOUS LES COPAINS AVAIENT EU LA MÊME IDÉE. AVEC TOUS CES CRÂNES, IL NE SAVAIT PLUS OÙ DONNER DE LA TÊTE!

HIIIII! HI! HI! HI! HI! HI!

HO!

HO!

HO! HO! HO!

HO! HO

BOUH!

?

AAAAAARRRGHH!

AAAAH!

HO! HO! HO!
HA! HA! HA!
HI! HI! HI!

HA! HA! HA!

HO! HO! HO!
HI! HA!

HI! HOU! HOU! HOU! HOU! HA!

TU NE M'AIDES PAS, ASTÉRIX! CES GRIMACES ÉTAIENT CENSÉES LEUR FAIRE PEUR!

HI! HI! HI!

HOU! HOU! HOU!

À LA MAISON, QUAND JE FAISAIS CES GRIMACES, MA PETITE SŒUR AVAIT TRÈS PEUR, ET...

TU SAIS, LES PETITES SŒURS, C'EST EN GÉNÉRAL PLUS CRAINTIF QUE LES GROS BARBARES.

BON. ASSEZ RI, MAINTENANT. PASSONS AUX CHOSES SÉRIEUSES. TU VAS NOUS FAIRE TA DÉMONSTRATION DE VOL.

DACTILOGRAF ET STÉNOGRAF! VENEZ LE CONDUIRE JUSQU'AU POINT D'ENVOL!

ÇA VA?

OH, QUE J'AI PEUR!

PARFAIT! IL EST EN BONNES CONDITIONS DE VOL. IL PEUT DÉCOLLER?

AFFIRMATIF, AUTORISATION ACCORDÉE. JE RÉPÈTE AFFIRMATIF, AUTORISATION...

UN INSTANT! GNGNGNGN!...

TCHAC!

NOUS NE NOUS RENDRONS PAS SANS COMBATTRE!

À L'ATTAQUE, GOUDURIX!

OBÉLIX ! ENFIN !

OUAH !

ALORS, QU'EST-CE QU'ON FAIT ? ON CONTINUE ? ON ARRÊTE ? QU'EST-CE QU'ON FAIT ?

MAIS OÙ EST PASSÉ L'AUTRE ? LE CHAMPION ?

BONG ! BONG ! BONG !

TU EN AS MIS DU TEMPS ! TU SAIS QUE JE COMMENÇAIS À M'INQUIÉTER. C'EST VRAI, TOUT SEUL, LÀ, JE ME RONGEAIS LES SANGS.

JE VAIS T'EXPLIQUER, ASTÉRIX, VOICI COMMENT ÇA S'EST PASSÉ...

DITES, ÇA NE VA PAS RECOMMENCER, VOS PETITES CONVERSATIONS ? ALORS, VOUS ME L'AVEZ APPORTÉE CETTE CHOSE EXTRAORDINAIRE ?

VOICI !

ÇA ?!?

SOI-MÊME.

HO! HO! HO! HO!

ÇA VA. J'AI COMPRIS. JE M'EN VAIS.

HA! HA! HI! HI! HI!

?

ATTENDS ASSURANCETOURIX !

JE TE PRÉVIENS, ASTÉRIX ! CET IGNARE C'EST LA GOUTTE QUI FAIT DÉBORDER L'AMPHORE !

INSTALLE-TOI AVEC TES HOMMES. J'ARRIVE TOUT DE SUITE.

MOI JE VEUX BIEN. HI!HI!HI! VOUS ÊTES VRAIMENT RIGOLOS VOUS AUTRES !

CES GENS SONT VENUS DE TRÈS LOIN POUR ENTENDRE DE LA BONNE CHANSON GAULOISE. TU NE VAS PAS LES DÉCEVOIR TOUT DE MÊME ?

UN RÉCITAL ? UN-HOMME-SPECTACLE, COMME DISENT LES BRETONS ?... QUELLE RESPONSABILITÉ... ET PUIS, LE SON EST-IL BON SUR CETTE FALAISE ? TRÈS IMPORTANT LE SON... SI LE SON EST POURRI, JE NE PEUX RIEN FAIRE...

ENFIN : SUIS-JE PRÊT ?

JE L'ESPÈRE ! SINON, NOUS SOMMES CUITS. JE VAIS T'ANNONCER.

37

41

38

42

PEUR ?... J'AI PEUR ? NOUS AVONS PEUR ?

ÇA Y EST! NOTRE VOYAGE D'ÉTUDE EST UN SUCCÈS! NOUS CONNAISSONS LA PEUR! MAINTENANT, LES NORMANDS CONNAISSENT TOUT! **TOUT!**

PAR ODIN ET PAR THOR!

MERCI GAULOIS! MERCI! JE NE SAIS PAS COMMENT TE DIRE...

N'AYONS PAS PEUR DES MOTS!

UN INSTANT!

QU'EST-CE QUE JE DEVIENS, MOI, DANS TOUT ÇA ? JE N'Y COMPRENDS RIEN À VOS HISTOIRES, MAIS, JE CONTINUE MON RÉCITAL OU PAS ? IL NE FAUT PAS LAISSER REFROIDIR LA SALLE!

CE N'EST PLUS LA PEINE! C'EST UNE RÉUSSITE! UN TRIOMPHE! UN SUCCÈS SANS PRÉCÉDENT!

OH OUI ?

EXTRA! GÉNIAL! SUPER-SUPER DÉMENT!

ÇA VEUT DIRE QUE C'EST BIEN ?

FOR-MI-DABLE!

OH, VOUS SAVEZ, JE N'AI PAS DE MÉRITE AVEC UN PUBLIC COMME CELUI-LÀ, ON A L'IMPRESSION DE CHANTER POUR DES COPAINS!

SI J'AVAIS UN MORCEAU DE MARBRE, JE TE DEMANDERAIS D'Y GRAVER TON AUTOGRAPHE!

OUI ?

MAIS NON! PERSONNE NE T'A SONNÉ, AUTOGRAF!

ET TOI, MON BON OBÉLIX, QU'EN PENSES-TU ?

PARDON ?

?

POP!

COMMENT T'EXPRIMER MA RECONNAISSANCE, GAULOIS ?

EH BIEN, NORMAND, REMONTE AVEC TES HOMMES SUR TON BATEAU ET QU'ON NE VOUS REVOIE PLUS PENDANT QUELQUES SIÈCLES!

C'EST ENTENDU. J'AI HÂTE D'ÊTRE DE RETOUR CHEZ MOI POUR FAIRE DES CONFÉRENCES... MAIS AVANT, JE VEUX FAIRE QUELQUE CHOSE POUR VOUS. COMME ÇA NOUS EN SERONS QUITTES POUR LA PEUR...

44

LES NORMANDS SONT SOLIDES, ET, APRÈS LEUR BAPTÊME DE L'AIR, AUSSI BREF QUE RAPIDE, ILS PARVIENNENT À REJOINDRE LEUR NAVIRE...

MAIS À BORD DU DRAKKAR, L'AMBIANCE A SINGULIÈREMENT CHANGÉ...

MATAF! VA PRENDRE TON POSTE DE VIGIE, LÀ-HAUT!

C'EST QUE...

C'EST QUE ?...

C'EST QUE J'AI PEUR, TOUT SEUL, LÀ-HAUT.

MONTE!

OUI CHEF!

TCHIC!

AAAAAH!

CHEF!

NE T'APPROCHE PAS COMME ÇA, SANS BRUIT! TU M'AS FAIT PEUR! QUE VEUX-TU?

CE SONT LES HOMMES, CHEF... ILS VOUS DEMANDENT DE NE PLUS HURLER COMME ÇA... VOUS LEUR FAITES PEUR.

JE CROIS QUE NOTRE VOYAGE A UN PEU TROP BIEN RÉUSSI...

SCRITCH! SCRITCH!

MAIS POUR CE QUI EST DE VOLER...

MATAF! VOLE UN PEU!

OUI CHEF!

SPLATCH!

VOUS... VOUS CROYEZ QU'ON S'EST FAIT ROULER, CHEF?

P'TÊT BEN QU'OUI, P'TÊT BEN QU'NON... EN TOUT CAS, À L'AVENIR, FAUDRA ÊTRE MÉFIANTS!

43

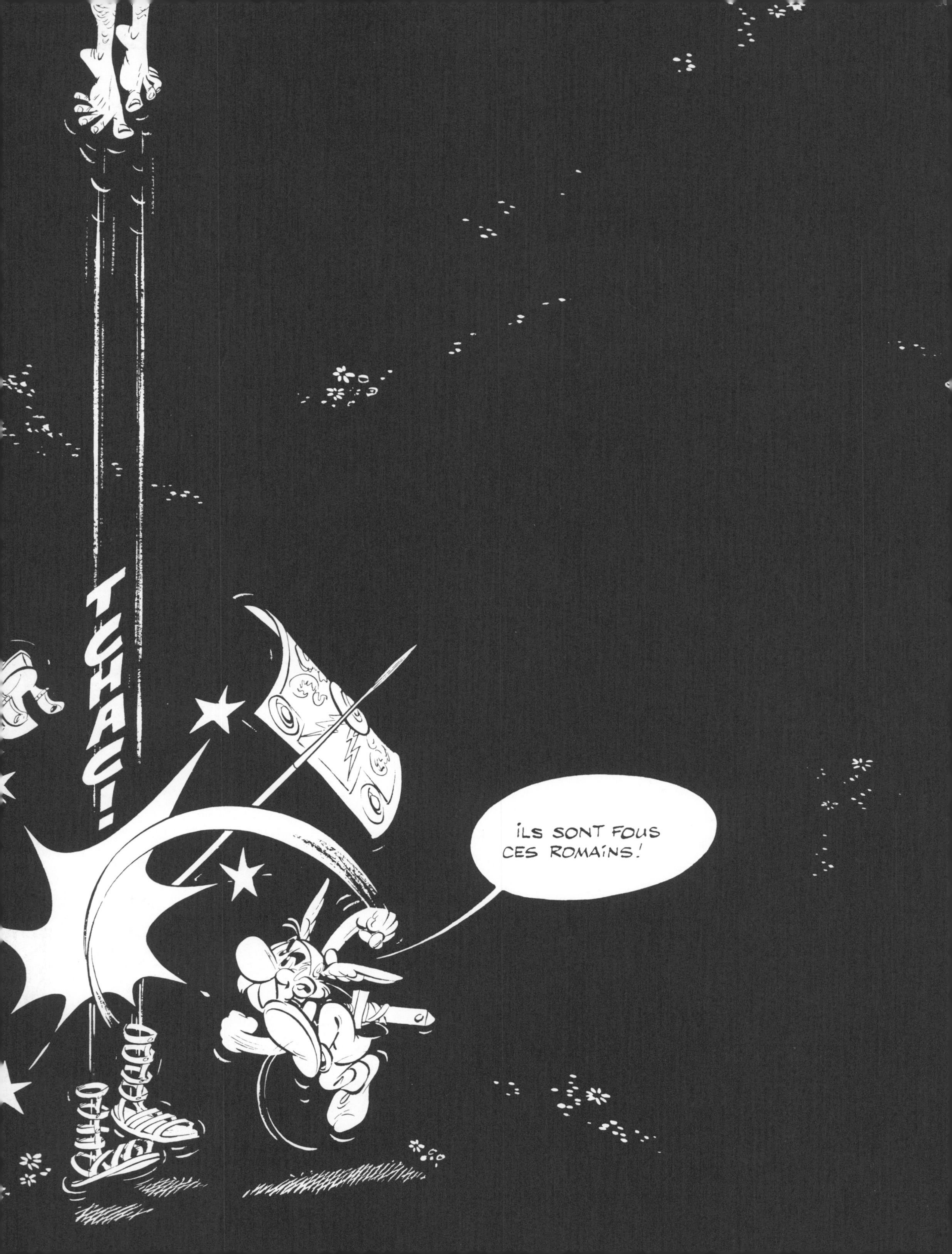
TCHAC!!
ILS SONT FOUS CES ROMAINS!